Analyse de l'œuvre

Par Natacha Lafond

Double piège

Harlan Coben

lePetitLittéraire.fr

Analyse de l'œuvre

Par Natacha Lafond

Double piège

Harlan Coben

lePetitLittéraire.fr

Rendez-vous sur lepetitlitteraire.fr et découvrez :

Plus de 1200 analyses
Claires et synthétiques
Téléchargeables en 30 secondes
À imprimer chez soi

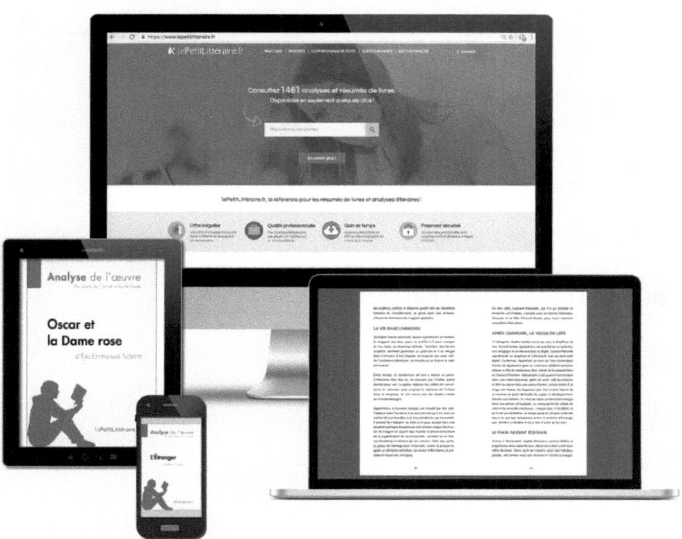

DOUBLE PIÈGE

UN POLAR AMÉRICAIN À DOUBLE FOND

- **Genre :** roman policier
- **Édition de référence** : *Double piège*, traduit de l'américain par Roxane Azimi, Paris, Éditions Belfond, coll. « Noir », 2017
- **1re édition :** 2016
- **Thématiques :** femme, vengeance criminelle, famille, lanceur d'alerte, corruption médicale, police et armée.

Double piège est un roman policier de l'auteur à succès Harlan Coben, qui présente l'histoire de Maya Stern, une femme militaire au destin tragique. Ce thriller, représentatif des polars américains confrontés à la question du mal, comme l'analyse le spécialiste Benoît Tadié, dénonce les problèmes de justice sociale, de corruption et de criminalité aux États-Unis.

Après avoir quitté l'armée de l'air pour un scandale malheureux, pendant qu'elle apprend la mort de sa sœur, Maya Stern perd son mari, Joe, et s'occupe seule de sa fille, Lily, âgée de deux ans. Interrogée par l'inspecteur Roger Kierce, elle se met à enquêter de son côté, intriguée par le passé de Joe et par le meurtre de sa sœur, Claire. Elle suit les dernières démarches de Claire, qu'elle reproduit à l'identique, en retrouvant plusieurs informations sur Joe et son frère Andrew, mort 17 ans plus tôt. Grâce à un lanceur d'alerte, Corey dit La Vigie, elle a des informations sur la famille de Joe, les Burckett, qui semble être mêlée à de sombres histoires de corruption médicale. Après avoir retrouvé la vérité et compris qu'on la discrédite par la psychiatrie, elle est menacée à son tour. Elle décide de confier sa fille à son beau-frère et se rend dans la famille des criminels, où elle avoue son propre crime, l'assassinat de Joe, qui devait venger celui de sa sœur ainsi qu'Andrew et d'autres victimes. Elle est tuée par le frère de Joe, Neil. 25 ans plus tard, sa fille, Lily, mariée à un militaire, lui rend hommage.

HARLAN COBEN

ÉCRIVAIN AMÉRICAIN

- **Né le 4 janvier 1962**
- **Quelques-unes de ses œuvres, traduites par Roxane Azimi :**
  - *Ne le dis à personne* (2011), thriller
  - *L'Innocent* (2006), thriller
  - *Une chance de trop* (2004), thriller

Harlan Coben vit aux États-Unis avec son épouse, pédiatre, et ses quatre enfants. Après avoir fait des études en Sciences Politiques au Amherst College de Livingston, il travaille avec son père dans une entreprise de voyage.

Il se met à écrire dès 25 ans, des romans policiers : il connait d'emblée un succès rapide aux États-Unis. Il se fait remarquer par des prix, grâce au roman *Une chance de trop*, avant de se tourner également vers deux séries en 2016 et 2018 (*The Five* et *Save*). Il est traduit dans plusieurs langues, notamment en français ; on trouve une grande partie de son œuvre abondante aux éditions Belfond et Pocket, traduite par Roxane Azimi. La majorité de ses adaptations concerne la France et le Royaume-Uni.

Il a reçu trois prix majeurs de la littérature policière : le prix Edgar Allan-Poe, le prix Shamus et le prix Anthony.

RÉSUMÉ

Ce roman policier s'ouvre sur l'enterrement d'un homme, Joe, dont la veuve, Maya Stern, est au centre de l'histoire. Les 34 chapitres du livre présentent l'enquête privée de cette femme sur Joe, son mari assassiné, et sur sa famille. Maya est mère d'une petite fille, Lily, âgée de deux ans. Dans les premiers chapitres, Maya évoque son passé en tant que capitaine dans l'armée de l'air, sa famille et celle de Joe. Elle se souvient aussi de Claire, sa sœur assassinée. Elle observe qu'une voiture semble la suivre et rôde autour d'elle, une Buick rouge. Lors de l'enterrement de son mari, elle a retrouvé un ancien ami de l'armée, Shane, qui lui donne des informations sur Corey Rudzinski, un lanceur d'alerte. Elle est interrogée ensuite par Roger Kierce, l'inspecteur en charge du meurtre de Joe. Elle se dispute avec Isabella, la nounou de sa fille, qu'elle fait surveiller avec une caméra ; Isabella lui lance un spray au poivre en pleine figure. Maya continue à se souvenir de Claire, sa sœur, qui la hante. Elle commence à fouiller dans ses affaires : chez elle, chez son mari, et dans ses carnets d'adresses, etc. Elle décide d'aller plus loin. Elle découvre le nom d'un club de Stripteaseuses, *Cuir et Dentelles* : un lieu étrange pour Claire ; Maya se demande ce qu'elle a pu y faire. La Buick est encore là, autour d'elle, lorsqu'elle sort. Maya se sent menacée.

Puis, une rencontre a lieu avec la famille de son défunt mari, les Burckett, pour l'ouverture du testament, à Farnwood, la maison de famille. Mais cette lecture est annulée, sans raison valable. Il y est question de la mort d'Andrew, le frère de Joe : sur quatre enfants, seuls Caroline et Neil sont encore en vie ; le père est lui aussi décédé, d'un cancer. La mort d'Andrew remonte à 17 ans. Seule Maya se pose des questions à son sujet. Elle retrouve alors le propriétaire de la Buick Rouge au club, où elle rencontre Corey Rudzinski, alias Corey dit La Vigie, le lanceur d'alerte du club où est allée Claire. Corey lui explique quels sont les risques qu'il prend et comment il travaille. Il lui raconte ensuite que la famille Burckett serait mêlée à une affaire de faux médicaments, pour le compte d'un laboratoire pharmaceutique ; par ailleurs, Judith Burckett, la mère de Joe et d'Andrew, psychiatre de métier, règlerait plus de 10 000 dollars tous les mois sur le compte d'un détective privé, Tom Douglass. Elle aurait aussi pris contact avec Roger Kierce, l'inspecteur. Maya a déjà été interrogée par Kierce, qui a trouvé des suspects dont il faut reconnaitre l'identité ; les assassins de Joe et de Claire seraient une seule et même personne, selon lui ; mais il questionne aussi Maya au sujet de ses armes personnelles, et notamment au sujet du révolver Winston qui serait l'arme du crime ; il sait cependant que Maya était à l'étranger pendant l'assassinat de sa sœur. Il arrête là cette suggestion. Maya lui parle d'Isabella et de ses soupçons sur les vidéos.

Maya cherche alors à rencontrer le détective privé, Tom Douglass ; elle n'arrive pas à le contacter et ne voit que Mme Douglass, qui ne peut répondre à ses questions. Elle fait des cauchemars ; elle dort très mal, et croit voir son mari ; elle ne supporte pas la situation. Elle est convaincue qu'il y a une sombre affaire derrière cette mort. Elle essaie à nouveau de rencontrer Tom Douglass, en vain ; il serait parti plus longtemps que prévu. Elle va voir alors son médecin, la psychiatre Wu, qui la sermonne assez durement au sujet de ses flashbacks explicites, qui seraient des hallucinations la menaçant d'une psychose plus grave. Elle lui demande de prendre ses médicaments. Maya n'est pas d'accord sur ce diagnostic ; elle continue son enquête. Elle se rend au cabinet de Judith, sa belle-mère, qui travaille avec deux consœurs également psychiatres ; elle a un entretien, tout d'abord, avec Mary McLead, au sujet de Judith, qui ne fait rien pour l'enquête ; puis, elle retrouve Judith et lui pose des questions au sujet de ses agissements et sur la maladie qu'on lui a trouvée ; cette maladie porte préjudice à ses déclarations et à ses investigations. Elle ne comprend toujours pas pourquoi Judith paye 10 000 dollars à Tom Douglass. Les nuits cauchemardesques de Maya continuent ; elle pense encore à l'histoire de la caméra d'Isabella et se demande ce qu'elle lui veut : elle est sure d'avoir vu Joe, son mari, alors que l'image a disparu. Elle pense que c'est trafiqué.

Elle se rend ensuite à Philadelphie, dans l'établissement Franklin-Biddle, l'ancienne école d'Andrew et de Joe, où sa sœur est allée récemment ; elle continue à retracer son parcours avant l'assassinat. Elle y rencontre Neville Lockwood : ils évoquent le jeune Andrew, décédé six semaines après la mort d'un autre camarade de classe, Théo, un boursier. Elle laisse son nom ; elle n'a pas encore trouvé ce qui a provoqué la mort de Claire. Elle retrouve Corey dit La Vigie pour parler de Tom Douglass, qui est injoignable ; ce dernier a été retrouvé mort, assassiné à son tour, après trois semaines de disparition. Maya est à nouveau interrogée par Roger Kierce au sujet du détective privé. Du sang aurait été retrouvé dans le coffre de Maya. Il la soupçonne à son tour, tout en continuant son enquête, mais sans questionner la famille de Joe.

Chrisopher Swain, l'ancien entraineur de foot d'Andrew et de Théo, répond à l'appel de Maya. Il explique que, contrairement à ce que les journaux ont raconté, ainsi que Judith, c'est Joe qui aurait jeté Andrew par-dessus bord ; il ne s'agirait ni d'un suicide, ni d'un accident dû à l'alcool, mais d'un meurtre. Six semaines avant cette mort, Théo aurait été tué, lors d'un bizutage, dans l'école, par Joe, Andrew et Christopher ; Théo n'aurait pas supporté la surconsommation d'alcool imposée, avec violence, dans le sous-sol où il a été laissé mort. Andrew, lui, n'aurait pas accepté la mort de son camarade, pour lequel il n'a rien pu faire, et il aurait été mis de côté par son frère, Joe, sur un yacht. Après avoir eu ces informations par téléphone, Maya sort de chez elle et se fait attaquer, comme Claire, par un homme dans une camionnette, qui tente de la tuer ; elle sort son arme, et, après avoir tenté de s'enfuir en vain, elle le tue. Elle décide de ne pas aller à la police : l'inspecteur n'a pas compris de quoi il s'agit, selon elle ; il l'aurait freinée dans ses démarches. Elle écrit une lettre pour confier sa fille Lily à Eddie, son beau-frère, en cas de problème, avant de continuer ses investigations chez Isabella, au sujet de l'image de Joe. Elle la menace, elle et son frère Hector, de son arme, en leur demandant de s'expliquer sur cette affaire ; Hector, assommé, lui raconte comment il s'est déguisé en Joe, pour faire croire qu'elle a des hallucinations et s'appuyer sur une maladie, pour la discréditer. Isabella lui a dit qu'elle était, sans doute, à l'origine de la mort de Joe.

Cette image devait l'effrayer à double titre. Maya prend la voiture d'Hector et se rend à Farnwood, dans la famille criminelle des Burckett, où se trouvent Neil, Caroline et Judith. Ils s'expliquent sur les assassinats : Maya se serait vengée de la mort de Claire et de ses soupçons sur la criminalité de Joe, son mari, en le tuant, et en menant l'enquête sur ses trois précédents meurtres. Joe aurait tué, ainsi, Théo, Andrew et Claire, puis aurait provoqué la mort de Tom Douglass par sa famille ; cette dernière serait aussi à l'origine de la vente des faux médicaments du laboratoire, que la famille veut faire assumer par Joe, pour éviter d'en répondre devant la justice, en tuant Maya. Neil abat ainsi Maya, qui a laissé cette fois son arme dans la voiture, pour prouver à la police qu'elle est, elle, en légitime défense.

Le dernier chapitre s'ouvre, 25 ans après le meurtre de Maya, sur la famille d'Eddie, les neveux de Maya, et sur Lily, mariée à un militaire en hommage à sa mère, dont elle a une petite fille qui s'appelle, à son tour, Maya.

ÉTUDE DES PERSONNAGES

MAYA, UN PERSONNAGE TRAGIQUE

Maya est le personnage principal du roman ; elle est présente dans tous les chapitres et le lecteur suit l'histoire par ses yeux. Le roman présente le point de vue et les réflexions de Maya, qui cherche à comprendre ce qui se passe. La description de ce personnage repose, avant tout, sur sa carrière de militaire, qui est souvent rappelée. Le portrait se compose petit à petit : tireuse d'élite, capitaine reconnue dans l'armée de l'air, elle a été envoyée notamment en Irak, à la frontière avec l'Afghanistan. Elle appartient à un club de tir et possède plusieurs armes chez elle, qu'elle entretient vigoureusement. Elle explique que c'est une vocation chez elle et qu'elle était décidée depuis longtemps à faire partie de l'armée. Elle a été sommée, à son grand regret, de quitter l'armée suite à un incident lors de son déplacement à la frontière syrienne (qui a provoqué une mort accidentelle). Elle continue à piloter et donne des cours à l'aéroport de Teteroboro dans le New Jersey. Sa meilleure amie, Eileen, est une ancienne élève de l'école de l'armée de l'air ; elle retrouve aussi Shane, qui travaillait avec elle à l'armée. Elle n'évoque pas trop ce passé, mais s'appuie sur cette expérience dans son affaire ; elle se méfie de son entourage comme de la police, pour continuer à faire des recherches, refusant le « meurtre classé sans suite » (quatrième de couverture). Elle fait preuve de courage, de sang-froid, d'habileté et de perspicacité.

Lors de l'assassinat de Joe, elle court très vite, de même que pendant la scène avec la camionnette : elle constitue un relai pour l'inspecteur, même si elle vient d'un autre univers, l'armée. Elle emploie les mêmes méthodes que l'inspecteur et anticipe ses réactions, en confrontant les deux armes : celle de l'assassinat de Joe et la sienne. Elle ne cherche pas spécialement à le nier, mais elle souhaite gagner du temps, pour trouver le meurtrier de sa sœur et son mobile. Elle travaille par ailleurs avec Corey le lanceur d'alerte, à la marge de l'univers de la police, même si, là aussi, elle emploie leurs méthodes : Corey est son indicateur, à la frontière entre l'univers de la criminalité et celui de la justice. Maya fait la justice elle-même ; elle ne peut justifier son meurtre auprès de la police et se laisse mourir chez les Burckett, comme s'il s'agissait d'un suicide, sans chercher à se défendre (arme, à dessein, dans la voiture).

Deuxième élément : Maya est une femme qui est peu décrite physiquement ; c'est une belle femme, d'après le roman, qui rappelle brièvement son passé avec Joe. Elle est surtout présentée comme une mère, avec Lily, notamment, dès les premiers chapitres ; son dernier geste, à la fin, est de confier sa fille à Eddie ; et c'est à sa fille qu'elle écrit ses dernières lignes. Elle la fait garder par une nounou, ne souhaitant pas s'en occuper tout le temps, mais elle reste très proche d'elle et très attentive à son évolution. Elle la fait surveiller par une vidéo avec sa nounou, sur les conseils d'Eddie. Elle est très fière d'elle lorsqu'elle se met à préférer les livres au reste. Elle s'occupe également de ses neveux, Alexa et Daniel, dont elle est proche. Ces liens sont importants, alors qu'elle parait très froide au début, lors de l'enterrement. Il est très peu question de son deuil, et pour cause ; elle se souvient avant tout de sa sœur, à plusieurs reprises. Ces cauchemars auraient pu être l'expression de son deuil et de sa souffrance ; mais ce n'est qu'à la fin que le lecteur comprend à cause de quoi elle fait ces insomnies, pour sa sœur et sa fille. Personnage singulier, Maya est plutôt réservée et mystérieuse aux yeux de son entourage : on lui pose des questions et, à son tour, elle leur pose des questions, que ce soit au sujet de l'usage de la caméra, de Claire, de Joe, des enfants, de l'affaire, etc. Elle est très préoccupée par son enquête : les chapitres la montrent tantôt en action, tantôt en train d'observer, de se poser des questions et de cauchemarder sur ce qui lui arrive.

Très persévérante, elle ne se laisse pas abattre, alors que les éléments sont très disparates à la base : 17 ans se sont passés entre le début de l'affaire et les meurtres récents. Son assurance et, selon le texte, sa conviction, l'aident à s'opposer aux médecins psychiatres, Judith, ses consœurs et Mme Wu, qui auraient pu la décourager. Elle accepte, cependant, de continuer à s'observer (cauchemars, etc.), consciente de la difficulté de sa situation tragique, tout en refusant de prendre trop longtemps ses médicaments. Elle est convaincue que c'est une tactique pour la discré- diter. Il faut ajouter, surtout, le problème de l'image de Joe, la fausse hallucination, qui la pousse à menacer plus rudement Isabella et Hector ; elle refuse ce mensonge. Alors que la police travaille souvent avec les psychiatres, Maya se distingue par cette méfiance, qui la pousse à aller voir de plus près dans cette famille.

Personnage tragique, pour finir, elle a perdu son travail, ainsi que sa famille, dans des affaires scandaleuses et sordides : les morts s'accumulent autour d'elle. Si elle se sent menacée tout au long du roman, c'est qu'elle pense être condamnée à mourir.

ENQUÊTEURS

Les autres personnages, secondaires, sont beaucoup moins développés ; ils existent, avant tout, par leur relation avec Maya Stern : famille, belle-famille, entourage militaire, famille de la nounou et représentants de l'affaire. Par contre, les enquêteurs sont nombreux dans ce roman et relèvent de plusieurs milieux différents. Cette *famille* va de Roger Kierce, l'inspecteur de police, à l'indicateur, Corey La Vigie, en passant par Tom Douglass, le détective privé. Maya travaille avec eux, même si chacun de ces enquêteurs a son propre circuit. Le roman présente ainsi un portrait de différents univers autour des affaires criminelles, où se croisent plusieurs enquêteurs. Le portrait de Corey, dit La Vigie, est brossé ainsi d'emblée par l'inspecteur, qui annonce son retour ; si Corey sort d'un milieu moins intègre, il est l'œil critique des méthodes de la police classique. Lanceur d'alerte, il dénonce la corruption financière, les trafics illicites, etc. Il divulgue des informations par vidéo ou par des enregistrements. Assimilé, pour certains, aux trafiquants, dans le milieu des stripteases, c'est lui qui dénonce, pourtant, la famille Burckett. À la lisière de deux univers, cette figure de lanceur d'alerte et de dealeur potentiel s'entretient à plusieurs reprises avec Maya. L'autre enquêteur privé, Tom Douglass, est assez peu présent ; il disparait rapidement de la scène, assassiné à son tour. Il a été mis sur l'affaire il y a bien longtemps, pour des raisons mystérieuses. Maya le soupçonne de faire du chantage avec la famille Burckett ; il est tant rémunéré tous les mois, sans motif valable, qu'elle s'empresse de lui rendre visite. Sans doute avait-il tout retrouvé. Soupçonné de mentir sur l'affaire, Tom Douglass est un peu, comme Corey, un personnage à double face, entre deux univers. Plus encore, il est sans doute un enquêteur corrompu, qui n'obéit qu'à l'argent, à la différence de Corey, qui tente de dire la vérité. Quant à Roger Kierce, il fait des allers-retours dans le roman, selon les besoins de l'enquête ; s'il avance assez rapidement sur le sujet, en retrouvant des liens éventuels entre les deux meurtres, et en faisant plusieurs hypothèses, il n'interroge pas les Burckett. Il fait des investigations, également, sur l'arme du crime et soupçonne, à juste titre, Maya elle-même. C'est lui qui évoque Corey, et c'est encore lui qui reste assez méfiant vis-à-vis de l'affaire de la vidéo ; il ne s'appuie pas, d'emblée, sur le motif médical, sans toutefois le remettre en cause. Il cherche à avancer sur son affaire, sans faire de Judith Burckett, qui l'a contacté, un suspect. Le livre laisse le lecteur sans réponse sur la fin de l'enquête : Neil a-t-il réussi son stratagème ou l'inspecteur les a-t-il retrouvés, comme le souhaitait Maya, en laissant son arme dans la voiture ? L'inspecteur est plus intègre que Tom Douglass, dans son travail, mais il ne va pas assez loin dans ses investigations ; il semble « classer l'affaire ». Kierce aurait retrouvé Maya comme criminelle, mais non son mobile, la vengeance, autrement dit, l'identité de Joe et des Burckett comme criminels.

Corey, l'œil noir, est l'autre enquêteur qui aura aidé Maya sur cette voie, même s'il laisse faire, sans trop se mêler de son enquête. On peut évoquer, ainsi, quatre enquêteurs aux méthodes très différentes, dont Maya, une femme singulière.

CLÉS DE LECTURE

LES INDICES DU GENRE POLICIER AMÉRICAIN

Dans ce roman, le lecteur est tenu en alerte, tout au long de l'histoire ; on y retrouve tous les traits du genre policier, à commencer par le suspens. Le statut de criminel de Joe n'est dévoilé qu'à la toute fin, accompagné d'autres criminels démasqués : l'affaire s'est complexifiée. L'enquête de départ a provoqué d'autres crimes, tout en rappelant le crime princeps, 17 ans en arrière. Le titre renvoie, ainsi, à un double piège dans lequel est plongée Maya, aussi bien que le lecteur.

Seul l'inspecteur, Roger Kierce, annonce, un peu, le lien de Maya avec l'affaire, mais sans aller plus loin. De chapitre en chapitre, le lecteur suit le cours des différentes enquêtes, grâce à Maya et aux enquêteurs privés. Il n'y a pas qu'une seule entrée dans la poursuite de la vérité alors qu'il n'y a pas qu'une seule affaire ni un seul criminel. Tout est multiplié, doublé, de même que l'inspecteur est *doublé* par Maya elle-même, qui tente de justifier son crime, par le dévoilement de l'identité de Joe et des Burckett. L'intrigue, complexe, tend ainsi à créer un « double piège » avec un effet de surprise qui retourne la situation à la fin, puisque l'enquêtrice principale, Maya, est aussi une criminelle. La surprise est d'autant plus importante que c'est Maya qui est attaquée par une camionnette, menacée comme Joe et Claire.

Elle démasque, tout à coup, qui elle est et qui sont les Burckett à l'avant-dernier chapitre. Les deux hypothèses présentées par Kierce ne donnent pas la clé de l'histoire à suspense. Les retours dans le passé, exacerbés par les nuits cauchemardesques, reposent sur un deuxième effet de surprise : les deux morts de deux jeunes adolescents présentées comme des accidents, voire des suicides, sont criminelles ; la vérité a éclaté très longtemps après les faits ; c'est le mobile central des meurtres récents, l'origine du problème. La découverte, par ailleurs, de l'affaire des faux médicaments, qui relève de la corruption, s'ajoute à cette enquête sur des meurtres criminels, sans susciter le même effet de suspens.

Le réalisme de l'enquête policière relève spécifiquement du genre policier, et repose notamment sur la description de relevés d'indices précis. La passion des armes de Maya contribue à susciter une atmosphère angoissante de polar, même s'il ne s'agit, à l'origine, que d'un loisir, un club de tir. Le lecteur voit comment les marques des armes sont enregistrées, avec précision, et combien Maya maitrise le port de ces armes face aux autres. Le tableau de la criminalité est posé d'emblée. La description du meurtre est détaillée, et plus particulièrement le nombre de coups de feu. Le repérage des voitures, de la Buick rouge à plusieurs reprises, puis celui de la camionnette qui attaque Maya, et, pour finir, celui du pickup qu'elle emprunte à Hector, relève également du genre policier. Toutes les identités sont vérifiées : l'inspecteur demande à Maya d'essayer de reconnaitre des individus, soupçonnés d'être les auteurs du meurtre (par les vêtements) ; Maya cherche à savoir qui est le propriétaire de la Buick rouge qui la suit et l'observe ; elle se méfie très vite de la camionnette, dont elle n'a pas identifié le conducteur ; elle cherche à vérifier les images truquées de la vidéo par Isabella et Hector, etc. Le genre policier repose sur une véritable course aux indices. Les quatre enquêteurs, dont Maya, se méfient de tout ce qu'ils voient, observent les alentours et prennent des informations sur les personnes aussi bien que sur les armes, dès qu'ils le peuvent. L'arme du crime, les indices et la complexité de l'intrigue fondent la trame narrative d'un *double piège* réaliste avec effet de surprise.

Il faut ensuite préciser le déroulement des opérations : après le meurtre, l'inspecteur prend des informations sur l'entourage de la victime et procède aux interrogatoires, comme Maya, qui fouille dans les affaires de Claire, suit ses appels téléphoniques et ses déplacements avant sa mort. Cette ancienne militaire se rend d'abord dans le club *Cuir et dentelles*, avant d'aller dans l'ancienne école de Joe, pour y obtenir les informations retrouvées par Claire. La progression narrative suit le fil de ces recherches. *Double piège* repose avant tout sur le point de vue des enquêteurs ; le lecteur suit le point de vue tantôt général du narrateur qui expose la progression de la vérité, tantôt celui de Maya, de l'intérieur. La perspective de Maya est prédominante ; par contre, nous ne suivons jamais les affaires des Burckett, comme dans d'autres polars. Les chapitres se suivent ainsi chronologiquement, sur le plan temporel, tout en procédant à des retours en arrière, avant de finir sur un épilogue, 25 ans après les faits. L'analyse de ces retours en arrière montre comment Claire et Maya ont été voir de trop près ce qu'il ne fallait pas voir. Les deux sœurs ont transgressé un interdit, payé très cher par la famille Burckett.

On peut noter, pour finir, un quatrième et dernier point dans cette approche des caractéristiques du genre policier : la présence des psychiatres, qui travaillent souvent en collaboration avec les policiers, doublés, comme l'inspecteur, par Maya. L'enquêtrice principale refuse leur rapport et va, plus encore, les dénoncer. Le premier réflexe d'Isabella et de son frère aura été, ainsi, de falsifier des images et de traiter Maya comme une malade. De même, la consœur de Judith s'appuie sur la faiblesse de Maya pour critiquer ses investigations. Isabella et Hector ont agi sans aucune preuve, à la demande de Judith, qui a d'emblée attribué le meurtre de Joe à Maya. Si l'inspecteur est plus circonspect dans son approche de Maya, et dans l'ensemble de l'enquête, cette présence, assez importante, de psychiatres augmente la confusion qui plane sur cette affaire.

UNE TRAGÉDIE FAMILIALE

Que dévoile l'enquête ? Deux sombres affaires, un *Double piège*. L'une relève de la vengeance familiale privée, tandis que l'autre relève de la société. La vendetta qui est démasquée à la fin, par cette réunion tragique de famille à Farnhouse, la maison des Burckett, n'en finit pas : plusieurs meurtres, une conspiration, beaucoup de méfiance et d'interrogatoires dans la famille elle-même, etc.

L'ouverture du livre commence sur une scène d'enterrement où c'est la famille qui est présentée. Plus exactement, il s'agit de deux familles qui sont confrontées l'une à

l'autre : si les membres des deux familles sont des personnages secondaires, moins présents dans l'ensemble du roman que Maya, l'entourage familial est plutôt élargi. Maya
les fréquente souvent, tour à tour, par habitude et, plus
encore, dans le cadre de son enquête. Le dernier chapitre,
par un effet de boucle, se termine aussi par un portrait
de famille, qui raconte ce que sont devenus les neveux de
Maya et sa fille. Du côté des Burckett, on retrouve ainsi :
la mère Burckett, Judith, quatre enfants, dont deux morts
(Andrew et Joe) et deux complices (Neil et Caroline). Du
côté de Maya Stern, il faut noter la sœur décédée, Claire,
au cœur de l'affaire, ses neveux Alexa et Daniel, et leur père
Eddie remarié à Salina. Isabella et Hector n'existent que par
leur travail auprès de Lily, la fille de Maya. Tous les lieux de
l'affaire sont principalement situés dans ce huis clos familial, en dehors du club. Maya est très attentive à sa famille
et plutôt méfiante à l'égard des Burckett. Le huis clos est
tragique : les évènements s'enchainent les uns aux autres,
et la menace plane sur Maya comme elle a plané sur Claire.
Les phrases en italique, qui sont éparpillées dans tout
le roman, expriment cette fatalité qui s'abat sur Maya ;
l'étau se resserre autour de sa vie, tout autant qu'autour
de son crime. L'augmentation des cauchemars nocturnes,
où Maya revoit les morts, les problèmes d'insomnie, ainsi
que le nombre de monologues intérieurs et d'italiques,
tout ceci insiste à la fois sur ses angoisses dans l'enquête et
sur son intime conviction que la mort plane autour d'elle.
Ce qu'elle découvre est plus sombre qu'elle ne le pensait :
deux meurtres d'adolescents innocents, qui ne sont mêlés à aucune affaire. De nombreux passages sont consacrés à ce questionnement intérieur de Maya, proches des

interrogatoires où le genre des questions s'impose plus encore que la fin. Dans cette tragédie familiale, ce qui est démasqué, c'est l'absurde, la question qui reste sans réponse. De même, la vengeance tragique et absurde de Maya ne punit pas les Burckett : il n'y a pas de justice dans ce double piège ni de réponse face au mal. Le mobile est simplement un accident de bizutage, inconscient, et des chantages qui n'en finissent pas de s'accumuler. La mère n'en finit pas non plus de payer tous les mois le détective privé. Elle en vient à devenir une criminelle, en faisant tuer Claire, puis Maya. L'usage de phrases répétitives en italiques, qui ressassent toujours le même problème, éclaire cet état insoluble pour Maya, dont la mort est proche d'un suicide, il faut le rappeler (arme laissée de côté). Sa vengeance ne l'a menée qu'à découvrir l'interdit qui aveugle par son absurdité fatale. L'univers à « double piège » est sans issue pour les personnages ; Maya a perdu sa profession et sa famille, sa raison de vivre ; Judith a perdu deux fils.

LES DESSOUS CAUCHEMARDESQUES DE LA SOCIÉTÉ

L'analyse de ce roman policier, qui fait tout en double, démasque, enfin, une critique sociale sur plusieurs points : la figure d'une femme militaire, comme personnage principal, dénote déjà d'une approche peu conventionnelle du milieu policier, tandis que la présence du lanceur d'alerte démasque des trafics médicaux à plusieurs niveaux. Pour finir, il ne faudrait pas oublier le problème du mobile présumé de la mort de Théo, le jeune camarade d'Andrew : la pauvreté, autrement dit la différence sociale.

Ces trois points doublent l'affaire familiale en dénonçant les dessous d'une société injuste, qui ne répond pas au problème de la criminalité. L'indicateur, issu de milieux plus troubles d'un club de nuit, ainsi que l'inspecteur, à l'enquête défaillante, alors qu'il est plutôt intègre, relèvent aussi de ces dessous. Ils rappellent que tout n'est pas si manichéen, entre l'univers de la criminalité, du mal et celui de la justice et du bien ; il existe des zones troubles, des zones « grises », pour ainsi dire, où le mal côtoie le bien. L'œil critique revient au narrateur omniscient qui surplombe l'ensemble du texte.

Pour commencer, il faut noter l'importance de la particularité du personnage féminin, une femme militaire ; déjà peu présentes comme inspectrices, elles le sont encore moins dans l'armée à des postes importants. Maya représente les deux univers ; elle est courageuse *comme* un homme. Elle rappelle les femmes qui se confrontaient aux hommes, au nom de la cause des femmes, en relevant un défi, *féministe*, au quotidien. Si elle est mise de côté dans son métier, elle est tout à fait reconnue par ses pairs, Shane et Eileen, l'amie militaire. Le choix de l'armée de l'air lui confère une aura féministe spécifique. Elle répond, par ailleurs, aux attentes de l'inspecteur et à celle de Corey, dans les échanges ; Corey a compris qu'elle suivra les traces de sa sœur. Dans cet univers sombre, pourtant, elle finira par périr. Elle était en danger dans tout le roman, comme ce qu'elle représente : une femme, une figure de victime.

Le deuxième point important du livre est la dénonciation de la corruption médicale : le trafic de faux médicaments par les laboratoires pharmaceutiques et le danger du trafic ou du pouvoir psychiatrique dans les affaires policières. Le premier a provoqué, dit-on, la mort d'un jeune garçon, après avoir rapporté beaucoup d'argent à un laboratoire ; seul le lanceur d'alerte le dénonce, confronté à une zone trouble dans la société. Maya, pour sa part, refuse le rapport psychiatrique et dénonce, plus encore, le trafic des images de la vidéo, de fausses hallucinations. Corey et Maya critiquent, tous deux, au passage, les couvertures médicales, au nom de l'argent et des crimes. Cet élément pourrait relever d'une simple digression, et pourtant, il noircit encore le portrait des Burckett, qui ont plongé dans la corruption, pris dans un engrenage infernal. Ce n'est pas sans rappeler le fonctionnement des petites mafias au pouvoir décadent (réseaux de familles notables influentes, etc.). Ces figures un peu marginales de la société américaine, une femme militaire et un lanceur d'alerte, pourtant aux antipodes à priori, dans la configuration sociale des valeurs, remettent en cause, ainsi, le pouvoir médical aveugle, la police qui classe ses affaires et le système social injuste.

Pour finir, lorsque Maya se rend dans l'ancienne école d'Andrew, son interlocuteur insiste, malgré tout, sur l'unique particularité de Théo, sa différence sociale face aux autres élèves. Même s'il ne l'attribue pas directement à la cause de la mort de Théo, il souligne ce trait. Sa mort a été si violente et si inattendue que ses origines sont rappelées ; abandonné, inerte, à même le sol dans les sous-sols de l'école, par ses camarades qui n'ont pas songé une seule fois à préserver son corps, vif ou mort, il semble avoir été traité comme un vulgaire mendiant. L'entraineur de sport est très affirmatif sur la question ; pas un seul camarade n'a réagi et seul Andrew a eu des regrets sur cette mort, plusieurs semaines après l'incident. Il a payé ces regrets de sa vie : il n'a pu s'agir uniquement d'un accident. Les autres n'ont pas été bizutés ainsi, selon le descriptif.

Si, comme dans tout roman policier, le lecteur est amené à voir les dessous de zones plus troubles de la société, il se trouve que le club n'est pas le lieu du crime ; c'est l'institut bourgeois de la ville, qui est le théâtre du pire, là où il y a moins de criminalité habituellement, voire aucune. Le crime n'est pas conventionnel, ni le choix du personnage principal. C'est aussi pour cette raison que c'est Maya qui est soupçonnée, la militaire, et non la famille plus bourgeoise des Burckett, surtout lorsqu'elle relève de leurs collaborateurs (domaine psychiatrique). Dans ce dernier élément, on retrouve une critique plus traditionnelle des méthodes de la police.

PISTES DE RÉFLEXION

QUELQUES QUESTIONS
POUR APPROFONDIR SA RÉFLEXION...

- La figure de la femme dans le roman policer : quelle est la place du genre féminin ? Et dans *Double Piège* ? Quelle est la particularité de la femme militaire dans cette perspective ?

- Peut-on établir un portrait du lanceur d'alerte, Corey La Vigie ? Quelle est sa fonction dans le roman ? Pourquoi relève-t-il d'un club de striptease ? Quel est le portrait des basfonds dans le roman policier contemporain ? Comment l'inscrire dans la filiation littéraire du polar et, par exemple, de Philip Roth ?

- Quelle est l'approche psychologique du personnage féminin ? Peut-on parler d'un réalisme psychologique dans le traitement des personnages ?

- Quelle analyse peut-on faire du registre et du lexique des personnages ? Quelle est la place de l'oralité dans ce roman ? Est-ce uniquement lié au principe des interrogatoires ? Peut-on approfondir la parenté entre les différents groupes de personnages ? Que remarque-t-on ?

- Quel est le portrait des États-Unis dans ce roman ? Quelle est la géographie exacte des villes citées dans le roman ? Peut-on y voir une différence avec le portrait de la société française dans les affaires ? Retrouve-t-on les mêmes critiques sociales ? N'est-ce pas aussi ce qui explique la place de l'enquêteur et non du criminel au centre du livre ?

- Quelle est la place de la vidéo qui espionne et des images de surveillance ? Quelle est la part d'observation et de méfiance entre les personnages ? L'image de la couverture du livre ne dénonce-t-elle pas un engouement pour la surveillance généralisée dans la société ? Quels sont les différents points de vue à ce sujet ? Quelle est la place de l'image dans l'enquête : est-elle encore fiable ? Pourquoi surveiller Lily ? La criminalité est-elle importante aux États-Unis ?

- Quelle est la place des enfants dans ce roman ? Pourquoi sont-ils présents à la fin comme au début du livre ? À qui s'adresse la dédicace de l'auteur ?

POUR ALLER PLUS LOIN

ÉDITION DE RÉFÉRENCE

- COBEN H., *Double piège*, traduit de l'américain par Roxane Azimi, Paris, Éditions Belfond, coll. « Noir », 2017.

ÉTUDES DE RÉFÉRENCE

- TADIE B., Le *Polar américain, la modernité et le mal : 1920-1960*, Paris, Presses Universitaires de France, 2006.

- TADIE B., *Le Front américain, une histoire du polar américain de 1919 à nos jours*, Paris, Presses Universitaires de France, 2018.

SOURCES COMPLÉMENTAIRES

- COBEN H., *Insomnies en noir, les meilleures nouvelles noires américaines*, présentation de Coben Harlan, traduction d'Antoine Joseph, Paris, Pocket, 2015.

ADAPTATIONS

Films : cinéma et télévision

- *Ne le dis à personne*, Guillaume Canet, avec François Cluzet, Marie-Josée Croze, 2006.

- *Une chance de trop*, François Velle, avec Alexandra Lamy et François Elbé, série télévisée française, 2015.

- *Juste un regard*, Virginie Ledoyen, avec Virginie Ledoyen et Thierry Neuvic, série télévisée française, 2017.

Séries télévisées en partenariat avec Netflix et créations

- *The Five*, Harlan Coben et Karen Lewis, avec Tom Cullen et O.T. Fagbenle, série télévisée britannique, 2016.

- *Disparu à jamais*, David Elkaïm et Vincent Poymiro, avec Finnegan Oldfield et Nicolas Duvauchelle, série française, 2021.

- *Safe*, Harlan Coben, avec Michael McHall, série télévisée française, 2018.

Votre avis nous intéresse !
Laissez un commentaire sur le site de votre librairie en ligne
et partagez vos coups de cœur sur les réseaux sociaux !

lePetitLittéraire.fr

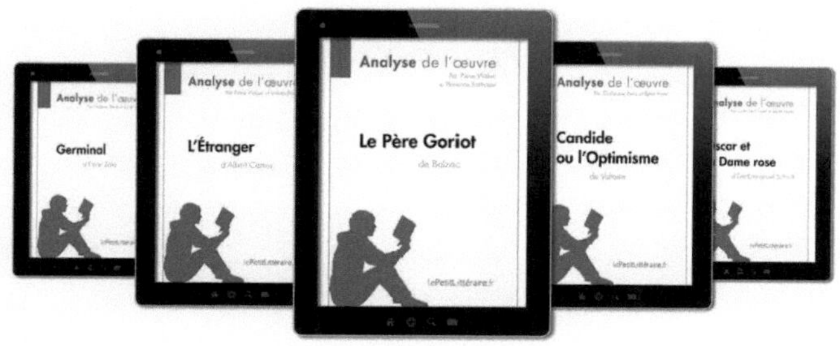

- un résumé complet de l'intrigue ;
- une étude des personnages principaux ;
- une analyse des thématiques principales ;
- une dizaine de pistes de réflexion.

**Retrouvez
notre offre complète sur
lePetitLittéraire.fr**

ISBN version numérique : 9782808027199
ISBN version papier : 9782808027205
Dépôt légal : D/2021/12603/200

Conception numérique : Primento,
le partenaire numérique des éditeurs.